AF369978

I. — UN PREMIER JOUR DE VACANCES

Jean-Jean est au comble de ses vœux. L'heure des vacances, si impatiemment attendue, a enfin sonné.

Le premier jour a commencé par des chants, des rires, des rondes, auxquels prit part toute la classe; à la longue, la fatigue et la soif se sont fait sentir. Il y avait justement, à deux pas, un superbe pommier couvert de fruits presque mûrs. Sans demander aucune permission, la bande assoiffée a mis l'arbre au pillage.

Jean-Jean ne reste pas en arrière.

Jean-Jean qui se destine à l'état militaire — et goûte peu les plaisirs champêtres — propose ensuite une expédition guerrière. Trois seulement de ses camarades se sentent disposés à le suivre; il prend son sabre et distribue des armes à sa petite armée.

On part du pied gauche et en bon ordre; mais bientôt la route se trouve barrée par un animal sauvage — par un sanglier. « En avant, à la baïonnette, » crie Jean-Jean. — L'ennemi s'est élancé, lui aussi : un choc a lieu et le général et son armée sont culbutés.

Le sanglier n'était qu'un pensionnaire échappé d'une basse-cour voisine, et que poursuivait un jeune paysan. Celui-ci arrivait trop tard pour éviter un si cruel affront au général Jean-Jean.

Les vaincus se sont relevés; aucun mort, aucun blessé. Jean-Jean, désireux de reconquérir son prestige un peu endommagé, a lestement enfourché le quadrupède enfin rattrapé par son maître, mais l'animal, d'un vigoureux coup de rein, a envoyé son cavalier mordre la poussière, et son maître rouler sur le gazon..., puis il a décampé.

Le jeune paysan, prenant ses jambes à son cou, se met à la poursuite
du fuyard et réussit à lui saisir la queue. Ce n'est, hélas! que pour un
instant, la bête s'est retournée furieuse, menaçant de mordre son maître,
et celui-ci a, encore une fois, lâché prise. L'animal, toujours courant, arrive à
l'entrée du village — il se précipite tête baissée par une fenêtre basse,
dans une maison où deux amis de Jean-Jean étaient en train de se réconforter
d'une assiettée de panade. Tous trois roulent pêle-mêle à terre, en poussant
chacun le cri qui lui est propre. C'est un joli concert!..

L'armée de Jean-Jean a jugé à propos de se licencier — et Jean-Jean, en compagnie de Pierrot — son voisin, reprend le chemin de la maison.

Les deux amis, avisant une ruche — endormie sans doute, car aucune abeille ne se montre, — Jean-Jean introduit une baguette dans le rucher, et il l'agite en tous sens. Il voulait réveiller les abeilles — il réussit au delà de ses désirs : subitement l'essaim s'échappe en masse et s'acharne après les deux garnements qui s'enfuient, non sans emporter, bien contre leur gré, un souvenir cuisant de leur imprudente méchanceté.

Jean-Jean rentre chez lui, la figure, le cou et les mains rouges et enflés par les piqûres des abeilles. On le badigeonne d'alcali, on le couche, et il s'endort d'un sommeil fiévreux; il est en proie aux rêves les plus bizarres. Il se voit dans un tournoi, à cheval sur son fameux sanglier et combattant contre Pierrot, monté sur une chèvre, pendant qu'une véritable armée de singes vient disperser les spectateurs, et s'attaque même aux cavaliers. Il se réveille enfin, il est en nage. Il demande à boire, puis ne tarde pas à se rendormir.

De son côté, Pierrot a un terrible cauchemar.

Il se voit chargé de légumes qu'il va porter aux bêtes de la ferme, afin de se faire pardonner par elles toutes les méchancetés qu'il leur a si souvent infligées. Moutons, chevaux, ânes, chèvres, vaches, dévorent à qui mieux mieux leur provende, et non contents de cela, s'attaquent à ses cheveux, les lui arrachent par poignées. La douleur est si vive qu'il se réveille; il constate avec joie que ses cheveux sont au complet, et que la vive douleur qu'il a ressentie n'est autre chose que l'effet de ses nombreuses blessures.

Au matin, Jean-Jean ne souffre plus, mais sa figure et ses mains sont toujours enflées et rouges. Malgré cela, il court chez Pierrot lui raconter son rève. Pierrot lui fait le récit de son cauchemar.

L'un et l'autre jurent de ne plus tracasser à l'avenir les animaux grands ou petits.

Ils vont retrouver leurs camarades, dont ils entendent les jeux, et qui après avoir bien ri des figures bouffies des deux amis, recommencent leurs ébats avec une ardeur nouvelle.

FIN